Imprimé en Chine par SCP – novembre 2011 – ISBN : 978-2-0812-0799-8

POULE rousse

Vieux conte nouvellement
RACONTÉ PAR LIDA
Images d'Étienne Morel

Père Castor • Flammarion

Près du bois,
il y a un jardin.

Dans ce jardin,
il y a une maison :
c'est la maison
de Poulerousse.

Dans la cuisine,
et dans la chambre,
tout est propre
et bien rangé.

Poulerousse
est une bonne ménagère :

pas un grain de poussière
sur les meubles,

des fleurs
dans les vases,
et aux fenêtres
de jolis rideaux
bien repassés.

C'est un plaisir d'aller chez elle.

Son amie la tourterelle
vient la voir tous les jours.
Toc, toc, toc…
Elle frappe doucement à la porte.
Les deux amies s'embrassent.
Ce sont des « cot, cot, cot, cot »
et des « oucourou, oucourou »
à n'en plus finir.

Elles ont beaucoup de choses à se dire.
Elles s'assoient l'une en face de l'autre.
Elles boivent un tout petit verre de vin sucré,
croquent des gâteaux secs.
Elles chantent
et jouent aux dominos,

ou bien...

... elles travaillent en bavardant.
La tourterelle tricote.
Poulerousse aime mieux coudre
ou raccommoder.
Du reste, elle a toujours dans sa poche
une aiguille tout enfilée,
un dé
et des ciseaux.
Et elle est toujours prête
à rendre service
aux uns ou aux autres,
en raccommodant
un accroc
ici ou là.

Aussi tout le monde dit du bien d'elle.
Et le renard,
qui dresse ses oreilles pointues
à tous les vents,
entend un jour :
– Quelle bonne petite poule,
cette Poulerousse !
Et comme elle est belle
et grassouillette !
toute grassouillette !...

– Grassouillette...
se dit le renard.
Oh ! aïe ! aïe !
toute grassouillette !

L'eau lui vient à la bouche et il court tout droit chez lui.

Il entre en dansant et en chantant :
– Grassouillette ! grassouillette !
elle est toute grassouillette !
– Mais que t'arrive-t-il donc ?
demande la renarde.
Tu es fou !

– Tralala ! il y a une poule rousse près du bois.
Une poule comme il faut,
et grasse à point.
Je vais l'attraper.
Et tout de suite.
Vite, donne-moi un sac.

Prépare la marmite.
Fais bouillir de l'eau.
Nous allons la faire cuire
et la manger,
cette poule rousse !
– Quel renard tu es !
Quel amour de renard !
s'écrie la renarde
toute joyeuse.
Et elle lui tend le sac.

Le renard file comme le vent. Il voit la maison de Poulerousse, s’approche doucement, se cache derrière un arbre.

Au même moment,
la porte s’ouvre.
– Cot, cot, cot, au revoir,
chère tourterelle,
à demain.
– À demain, ma Poulerousse.
Au revoir !

La tourterelle s'envole.
Poulerousse va chercher du bois
au bûcher.
Alors, houp !
Le renard saute dans la cuisine
sans faire de bruit
et se cache derrière la porte.

Poulerousse
prend du bois
et
rentre
tranquillement
dans sa maison.

Mais, ha !

Le renard l'attrape
et la fourre
dans son sac,
si vite
que Poulerousse
n'a pas le temps
d'ouvrir le bec.

– Je te tiens, je te tiens, ma belle !

Le renard noue le sac,
le jette sur son épaule
et s'en va en sifflant.
Poulerousse est toute étourdie.
Elle étouffe,
elle se débat dans le sac
et lance un « cot, cot »
plein d'effroi.
Mais... qui l'entendra ?

Qui l'entendra ?
La tourterelle…
Elle est là tout près,
sur une branche de pommier.
Elle comprend que le renard

emporte Poulerousse
pour la manger.
Son cœur bat très fort,
ses ailes tremblent,
elle a du mal à les ouvrir.

Enfin, elle s'envole, pousse un petit cri
et se pose à quelques pas du renard.
Elle volette et sautille
en traînant l'aile,
comme si elle était blessée.
– Une tourterelle blessée ! quelle chance !
Attends ma petite.
Il y a encore une place pour toi
dans la marmite !
Le renard pose le sac par terre
et court après la tourterelle.

Il croit l'attraper…
Hop ! elle saute
et se pose quelques pas plus loin.
Hop ! hop !… Et, tout en sautillant,
elle chante :
« Oucourou, oucourou ».

Cela veut dire :
« Courage, Poulerousse,
sauve-toi ! »

Vite, vite, Poulerousse prend ses ciseaux dans sa poche.
Crac, crac, elle coupe la toile,
et pfutt ! la voilà libre.

Puis elle pousse une grosse pierre
dans le sac
et le recoud
en un clin d'œil,

remet dans sa poche
son aiguille tout enfilée,
son dé, ses ciseaux,
et court, court, court vers sa maison.

Le renard court aussi. Il est très loin, tout essoufflé :

– Nom d'un rat !
Il faut que je l'attrape,
cette sale bête !

Là, cette fois, ça y est !...
Ouap !... Rien !
La tourterelle s'envole
juste assez haut
pour voir Poulerousse
entrer dans sa maison.

Alors, rassurée,
elle s'envole pour de bon,
haut, très haut.
Le renard reste bouche bée,
et, furieux,
revient vers le sac,
qu'il remet sur son épaule
en grognant :
– Au moins,
celle qui est là-dedans
ne se sauvera pas !
Puis il rentre chez lui,
bien fatigué.

Le couvert est mis et l'eau bout dans la marmite.
– L'as-tu attrapée ? demande la renarde
en se jetant à son cou.
– Si je l'ai attrapée ? Tiens !
Vois comme elle est lourde !
La renarde soupèse le sac.

– Hum ! quel déjeuner
nous allons faire !

Ils s'approchent
tous les deux
de la marmite,
ouvrent le sac
et le secouent
au-dessus de l'eau
qui bout.

La pierre tombe.
L'eau bouillante
jaillit sur eux
et les brûle si fort
qu'ils se sauvent
en hurlant
dans les bois.

Jamais
ils ne sont revenus.

Et depuis ce jour,
Poulerousse et la tourterelle ne se quittent plus.

Elles vivent ensemble
dans la maison de Poulerousse.
Elles sont très heureuses.

Dépôt légal : novembre 2007
Éditions Flammarion (n°L.01EJDN000207.C006)
87, quai Panhard et Levassor - 75647 Paris Cedex 13
www.editions.flammarion.com
Loi n°49-956 du 16 juillet 1949 sur les publications destinées à la jeunesse